話我童年的花

◉劉墉／文·圖

聯合文叢 768

話我童年的花　目次

【自序】

變成一朵解語花

劉墉

花粉敏感，一把鼻涕一把眼淚，還是衝進畫室工作了一下午。兒子好奇地探頭進來問「誰訂的？」我說「不是人訂的，是花訂的，人可以等，花不能等。」

寫生花卉的人，最知道不能拖，許多花一年才開一次，終於等到，如果不馬上畫，轉眼就沒了。

曇花一現！最難寫生的是曇花，因為它從晚上七八點鐘開始綻放，就一刻不得閒，起初張開個小口，像條剛釣上來的鱸魚，沒過三十分鐘，又成為打呵欠的貓咪。那嘴愈張愈大，你甚至可以看見幾十個花瓣在拚命使力，一抖一顫地向外撐開，直到九點鐘才盛放。卻不到午夜又開始收攏，真正靜下來，能讓你好好寫生的時間只有兩個鐘頭。

還有些花，朝開暮謝，譬如木芙蓉，除了花瓣形狀會變，色彩也會變，而且不斷變，早晨是白裡帶黃，中午染上一抹粉紅，之後逐漸加深，太陽下山，它也退場，漸漸縮成深紅色的小球球。再啪一聲，從枝頭墜落。

跟芙蓉比起來，櫻花的凋零就幽雅多了，而且突然花開滿樹，見花不見天，又突然開始落花，千點萬點像雪花紛飛，沒幾天，抬頭一片紅花換成綠葉，低頭一片綠地鋪滿紅花。

和平之春

劉墉作／絹本沒骨雙反托／ 68×106cm ／ 2024

愈是花開時令人驚艷，花落時愈令人感傷，傷的不只是美麗的短暫，更是韶華易逝。正因此，每年櫻花綻放，我都會把諸事拋開，趕緊寫生。

在櫻花樹下寫生最有情致，一陣風來，花落如雨，經常畫完一張，頭上肩上已經掛滿落英，甚至多年後打開寫生簿，還能發現裡面夾著半透明的小花瓣。

我喜歡這種臨花寫生，因為花在枝頭有精神。大家都說惲壽平的寫生花卉精妙。沒錯！但是看得出，他畫的多半是折枝，也就是把花折回家寫生。雖然在屋裡畫得從容，不怕風吹也沒蟲咬，可是常常畫出來的葉子都耷拉了！

當然，我也畫折枝，年輕時還常常偷折人家的枝，有一種「踰東家之牆而摟其處子」的刺激。後來不偷了，因為自己當老師，規定學生帶花卉到課堂寫生，許多他們帶來的花令我心狂跳。下課時跟學生要，多半能得手。

只是那些花離開枝頭太久了，等我拿回家，常常已經變樣。所幸我能猜，看那些花瓣蜷縮了，我可以把它們一片片翻起來看，至於垂下的葉子，我在畫的時候只要調整角度，想像它們在樹上的樣子就成了。還有個洋學生說很多花譬如芍藥，耷拉了沒關係，把花莖的切口燒一燒，倒吊在冰箱裡幾個鐘頭就返魂了，我試試果然有效，只是維持不了兩個小時。

最難畫的是風中之花，風大，花的枝葉抖動，沒有半刻停止，根本看不清，這時候得為眼睛裝上相機快門，抓住瞬間的「印象」。或是用猜的，想像花枝亂顫的模樣。

自己創造花卉不難，最要緊的是得先把花的結構搞清楚。舉個例子，如果今天我只得到一朵花，卻想畫一大張。可以先從每個角度為那朵花寫生，再加在一起。我還愛給花做解剖，先把花切開，細數有幾根花蕊，再看花瓣排列的次序，弄清他們生長的規則，然後舉一反三。別瞧不起植物，它們可是非常懂數學的！五個花瓣的杜鵑總有五到十根雄蕊；俗稱「雞蛋花」的緬梔，花瓣是一片壓著一片，活像螺旋槳；辛夷花瓣是三的倍數，而且層層相疊；大理花和向日葵更厲害，它們居然懂得黃金律！

太太在看我解剖花卉的時候常笑：「幸虧你不畫模特兒，否則非出命案不可。」我的回答是：「畫人像之前不是也得上解剖學嗎？而且我

和平之春（局部）

畫模特兒，只會用摸的。」

黃君璧老師生前常摸他種的蘭花，一片一片葉子摸，邊摸邊說：「這花啊！像人，是有情感的，你常摸它愛它，就長得好。」

我也愛摸花，除了在解剖時摸，還動手折，那折的感覺十足能表現在作品當中。譬如畫牡丹，如果你摘過它的葉子，就會發現，它們雖然看起來很結實，風吹雨打都不斷，其實只要抓住葉柄靠近枝子的位置，輕輕一掰就能把整片摘下。而且當你有了那種經驗，畫出來就不一樣了。它不再是隨便的一筆，而是幾分巧勁，伴隨著清脆的聲音。

花就像人，你想畫得好，除了了解它撫摸它，最好還把自己變成它。黃山畫派的畫家說得好：「要想畫出黃山松樹的精神，很簡單！你天天站在山頭看那些松樹，風來雨來霜來雪來，自然畫得好了。」畫花的道理也一樣，當你變成它，會驚訝地發現：奇怪！為什麼即使狂風驟雨之後折斷的枝葉、凋零的花朵，還是那麼美！那麼自然？即使是蟲咬的、風摧的，那些斑駁殘破仍然美。

你甚至可以用自己的身體，模擬它們的枝條。同一棵樹，長在山巔和坦原就是不一樣，叢生的跟獨立的也不同。被風吹斜了，沒關係！它們自然會找出平衡的方法，在另一側補強，甚至因此變得更有神采。這道理很簡單：它們是順乎天的，遭遇怎樣的挫折都不怕，因為老天會幫著修復。

你還能跟花朵一起舞蹈，想像你的臉是綻放的花，搖擺的手是伸出的葉，婀娜的舞姿像風中搖曳的花樹。我常在畫花的時候，想平劇的「蘭花指」，每一片葉子的尖尖，都像纖纖玉指！它們左翹右翹、指天指地，每個動作都是舞蹈，都能說話。

正因此，我特別佩服海派畫家任伯年，從他畫的枝葉，可以見出很深的寫生功夫，他也一定攀折過那些花卉，所以完全沒有弱筆。而且任伯年的花卉，跟別人畫的硬是不同，它們逆中有順，又順中有逆，時常先朝左生長，突然髮夾彎，轉回頭，顯示一種特別的力量。有人說因為任伯年參加過「太平軍」，胸有反骨，自然呈現在畫中。

跟任伯年比起來我溫柔多了，但是我會用花鳥跳舞，而且如果畫小鳥，一定為牠們編故事。表面看，那些鳥怎麼看都很寫實，但是放在一起，卻能見出劇情。有的撐著翅膀梳妝，有的蜷著頸子睡覺；有的摩挲親愛，情話綿綿；有的作勢前傾，打算起飛；有的眾鳥皆睡牠獨醒，在守望……。半個多世紀畫下來，我愈來愈覺得花鳥跟人一樣，寄生在天地之間，餐風飲露、吞吐日月、愛恨交織。

三十多年前我出版了一本《翎毛花卉寫生畫法》，開篇就說學畫花卉有四個階段：觀物精微、體物有情、移情入物、物我兩忘。現在我改了，意思差不多，但是很平實、很白話：

看花、愛花、畫花、變成一朵解語花！

金銀花十二朵

兒媳婦開車到長島的一個古堡，那地方我多年前去過，正門有一大片草地，下面對著大海，石砌的建築確實像古堡，從前可能是個豪門大戶的住所，現在成為辦婚禮的地方。新人先在草地上，沐著陽光和海風宣誓、交換信物、親吻、祝福，再一起進入古堡跳舞用餐。

我上次就是到那兒參加朋友女兒的婚禮，沒看清楚古堡四周，這次兒媳婦則是帶大家進入森林到海邊，繞著古堡走一圈。

地方真大，起先是密林，接著進入比較矮的灌木叢，腳下由泥土路

金銀花語綿綿

劉墉作／絹本沒骨設色雙反托／ 85×50cm ／ 2024

變成沙地，遠處傳來海浪一波波拍岸的聲音。

突然感覺熟悉的香味，原來小路兩邊開滿金銀花。這種又叫「忍冬」的藤蔓，我鄰居也有，總掛在樹叢外面，需要不時拉扯清理，免得遮擋陽光，把下面的花樹壓死。

沒想到當它鋪天蓋地掛在四周，居然令人驚艷。只見小路兩邊，一片黃黃白白，像是掛滿小珊瑚的樹牆。長筒狀的蓓蕾是淡綠色，漸漸轉白，綻放成五個白色小瓣的花朵。妙的是四瓣在上，另外一瓣分開，像是在招呼的小手。它們成簇成團地綻放，再逐漸變黃，大概因為有白有黃，所以叫金銀花，黃的是金，白的是銀。

一家人匆匆穿過樹叢，走向海灘，只有我放慢腳步，留在後面，感受四周的花香。

金銀花語綿綿（局部）

海風徐來，突然讓我回到童年，有一天跟著父親去臺北近郊的六張犁山上，看他葬在那裡的老朋友，下山時，就穿過這麼一片開滿金銀花的小路。山風從下往上吹，很香，還有居高臨下見到的臺北市區，當年沒多少建築，只見一大片一大片的綠色稻田。

那時候我不到七歲，留下這些印象是因為看到樹上一隻超大的蚱蜢，足有六七公分長，大大的頭、圓圓的眼睛、帶刺的長腿。父親看我感興趣，伸手一下子就把蟲抓住，沒想到蝗蟲的力量那麼大，牠的腳拚命踢，還轉身，咬了父親一口。雖然父親大叫一聲，立刻把牠摔掉，手指還是被咬破。更恐怖的是大蝗蟲吐出黑色的毒液，跟父親的鮮血混在一起。我嚇呆了，父親卻笑笑說沒關係，掏出手帕把血擦掉，又一伸手，摘了幾朵金銀花，壓在傷口上：「這小花能解毒！」

七十年過去，大蝗蟲嘴裡吐出的黑水和父親手指上的鮮血，在這長島海邊的金銀花叢中又一次映現。走出樹叢，下面不是臺北盆地的稻田，是紐約長島外的大西洋。孫子和孫女跑回來扶我，我邊走邊對他們說：「你們知道這些白色的小花叫什麼名字嗎？它叫金銀花，不但香，還可以煮茶、作藥、為傷口消毒呢！有沒有聽過金銀花的兒歌？

金銀花十二朵，

大姨媽，來看我，

豬打柴，狗煽火，

貓兒煮飯笑死我……」

月見草

少年時我住在軌道旁邊，常在下課後沿著軌道蹓躂。雖然火車危險，但只要靠邊就沒問題。母親常罵我為什麼條條大路不走，卻愛冒這個險。我說因為我喜歡一個人，軌道一條線直直的，可以看得很遠，而且見不到幾個人，更好的是鐵道旁邊特別有味道，是古意，許多大馬路邊的建築都重建，或改建拉皮了，鐵道旁因為沒人看，仍維持老樣子。黑黑的雨淋板、暗紅的磚牆，加上爬滿苔蘚和藤蔓，美極了！鐵道還有個好處，因為它是連貫的，從北到南，大不了穿個山洞、過個鐵橋，幾乎沒有斷掉的地方，所以許多小動物可以在上面平安遷徙，那些大馬路旁早被清除的野草閑花，也能在鐵路兩邊快活地生長。

年逾古稀，我還是懷念鐵道邊行走的感覺，常在夜晚沿著捷運散步，雖然不能像以前走在軌道旁，但順著捷運兩邊的安全網，也有類似的趣味。晚上車少人少，見到的景物也少，特別適合凝思、放空。

前幾天我又沿著捷運散步，鐵絲網的圍牆外是鋪石板的人行道，圍牆內是長滿野草的捷運線，遠處是美麗華商圈的閃爍燈火，對比得眼前格外閑靜。

突然發現鐵絲網外伸出一支小草，上面還開了幾朵小白花，那花很簡單，每朵四瓣，每個花瓣又在邊緣裂開。我是個愛畫花的人，卻沒見過這種花，就摘了幾朵帶回家。

燈光下，才發現那小花是黃色的，還帶點香味，四片花瓣之間，有一個雌蕊、八個雄蕊，還有四支細長的花萼。葉子也很平凡，薄而幼嫩的葉片，長長地從主莖生長，花朵則由葉腋伸出。

我拍了照，上網查，居然是「月見草」，這名字很熟，卻從沒見過，拿了個小花瓶，把它插在裡面，夜已深，就睡了，打算白天再好好研究。

豈知第二天起床，綠葉還在，那些黃色的小花全不見了，細看，原來都縮成了橘色的小條。我再上網查，發現它們原產於美東，後來引至歐洲、澳洲甚至南非，在臺灣已被發現五十年，常在沙岸和沿海地區生長。五十年，怪不得我小時候雖然「嚐百草」，卻沒見過月見草。

只是為什麼這名字這麼熟，是因為「月見草」的名字很抽象、很美，

月見草

劉墉作／絹本沒骨水墨淡彩／約 30×20cm ／ 2023

所以見到一次就會印象深刻？還是因為確實月見草是大家常接觸的東西。

我的好奇心又犯了，在臉書和許多網路平臺上作民調，問多少人見過月見草，答案雪片飛來，居然都沒見過，卻說吃過、用過。原來月見草可以榨油，因為富含脂肪酸，能養顏，又含亞麻油酸，可以治療氣管炎和過敏性濕疹，還有健胃整腸的效果。更有意思的是「農業主題館」的網頁說：「其根部乾燥後與花和蜂蜜一起熬成的糖漿，有去痰抗菌的作用，可以止咳及治療支氣管炎。」

這月見草簡直整株都是寶，甚至乾了枯了，都有用。怪不得好多女生說她們不知月見草什麼樣子，但是抹過月見草油，吃過做成膠囊的產品。

月見草（局部）

瓶子裡的月見草花雖然已經凋了，我還是沒扔，居然晚上六七點鐘又開出幾朵小花，也不知從什麼地方冒出來的，大概它的花苞也細細小小，白天瑟縮著，等待月亮出來。

「月見草」，多有詩意的名字啊！它們是為見月亮而開的小花，也是月亮鍾意的小草，白天幽幽謙卑地藏在草叢間，等月出，才偷偷綻放。當月亮下去，也跟著消逝……

突然覺得眼前的小草很偉大，它這麼有用、這麼能幹，甚至散播到全世界，但即使路邊都有，人們卻視而不見。怪不得它叫月見草！因爲只有月亮能見到！

永不凋零的玫瑰花

每次看到深紅色的玫瑰花，都會想起馬來西亞去世多年的老友陳清德。

大約二十年前，我去馬來西亞為推展華文教育巡迴演講。開車帶我四處跑的是當年五十多歲的陳清德。記得有一天他請我在個小館吃飯，店很小，布置很舊也很土，桌上鋪著粉紅格子的塑膠布，中間擺著一支用模子灌漿做出來的白瓷花瓶，裡面插著幾朵深紅色的塑膠花。「真土！」我說：「還不如不插，我最討厭塑膠花了！」順手彈了一下塑膠

深紅玫瑰

劉墉作／絹本沒骨設色／ 45×38cm ／ 2024

花瓣，立刻飛散好多灰塵。

陳清德聳聳肩：「我也不喜歡塑膠花，但是最近有件奇怪的事，讓我對塑膠花的印象變好了。」

見我露出詫異的表情，他繼續說：「就在今年情人節，我雙胞胎小女兒的男朋友送來一把深紅色的玫瑰花，當時小女兒不在家，我收下，特別找個瓶子，注滿水，把花插進去，放在她的床頭櫃上，轉身，看見另外兩張床，一個是大女兒的，一個是寄住在家裡外甥女的，床頭空空，心想她們看見小女兒有人送花，一定會很失落，接著想到不久前買生日蛋糕，盒子上黏了三支塑膠玫瑰花還沒扔掉。就找出來，再把小女兒那束花外面包的玻璃紙切下、分塊，各包一朵塑膠花，還綁上紅絲帶，放在她們的枕頭上，看起來不錯，三個人都有花。這時候發現手上

深紅玫瑰（局部）

還剩一朵塑膠花，花瓣已經掉了兩片，但是扔掉可惜，又回房間把它放在太太的梳妝臺上，」陳清德聳聳肩：「情人節過了，小女兒的花凋了，扔進垃圾桶。大女兒和外甥女的塑膠花想必也早丟了。只是，」他露出奇怪的笑容：「奇怪了！我太太梳妝臺上的還在，她居然拿個小瓶子，把那朵塑膠花插在裡面，放在鏡子旁邊，直到今天……」陳清德的笑容更有意思了，有些不好意思地說：「大概因為我跟她結婚三十年，從沒送過花給她吧！」

那次跟陳清德別後不久，就聽說他肝病過世，但是直到今天，他帶些靦腆的笑仍在我眼前，而且每次看見深紅色的玫瑰花，都會想到陳太太梳妝臺上的塑膠花。會不會二十年過去，那朵花還在梳妝臺上？

七里香

大約五年前，我去長島逛花店，走過盆栽區，突然心一驚，因為一股熟悉的香味，讓我好像回到童年。是七里香？美國也有七里香？我循香走去，只見一棵好像棒棒糖的樹，下面直直一根樹幹，頂著上面剪成圓球的樹冠。圓球上星星點點地布滿了白花，確實是我童年的玩伴：七里香！

小時候很多鄰居用七里香作圍牆，我玩躲貓貓，總蹲在樹牆後面，夏天七里香盛開，晚風一吹，特別香。常常才進家門，媽媽就說：「又

七里幽香

劉墉作／絹本設色／ 71×59cm ／ 2021

去躲貓貓了，也不怕蚊子！」

妙的是，我蹲在七里香邊，即使久久不動，也很少被蚊子叮，後來才知道七里香有驅蟲的功效。

那天發現七里香，趕緊買回家，沒想到在臺灣平凡無比的小樹，到紐約並不好養。首先，它經不得凍，所以天一涼就得抬進屋內。養在屋裡又會出個問題，是它很愛生介殼蟲，只要走到它旁邊，感覺地板黏黏的就知道了。想必七里香太甜、太好吃，又太營養，介殼蟲吃了之後會不斷朝四處噴蜜。

所以每隔一陣，我就得把花拿去沖洗，先將黏黏的花蜜沖掉，再噴殺蟲劑。所幸它很有良心，只要施一點酸性的肥料，接著就會開花，即使是冬天，也能開滿滿一樹。

七里幽香（局部）

何止七里香啊！怪不得它又叫九里香、千里香，萬里香。我把花放在客廳，臥室隔了好長一段距離，夜裡還能嗅到花香。起先我怕香味太濃會勾起氣喘，後來才發現，七里香非但不薰人，還有安神平喘的功效，加上花晒乾了可以泡茶，紅紅的果子能吃，整株都有妙用。

最記得前年夏天，我把七里香放在前院，看見郵差的車子過來，走出個新來的黝黑膚色的女郵差，東張西望，好像在找我家信箱。我趕緊開門出去，卻沒見到她，等了十幾秒，才見她從七里香後面走出來。

她把郵件交給我，轉身走，到七里香旁邊，突然停住，回頭問我：「你從哪裡弄來這棵樹？我二十年沒見過這花了！」她的眼神好特殊，又看了七里香一眼，幽幽地像自言自語地說：「我想起小時候在印度，還有我媽媽。」

山茶

小時候我家階前有一棵白山茶，下雨的時候不能出去玩，我總站在簷下「等雨」，那棵白山茶則成為陪伴。可惜的是她或許耐不住冬天的冷雨，常常一邊陪我，一邊凋零。前一刻還傲立枝頭，下一刻已經消失。

開山茶的時候也是櫻花季節，兩種花告別枝梢的感覺卻大不同。櫻花的花瓣是片片凋零，輕輕地、無聲地，還打著轉在風中斜斜落下。山茶卻怎麼看都跟剛綻放沒兩樣，厚厚的花瓣毫無缺損，中間一大束雄蕊和淺黃色的花粉也沒有倦態，明明應該是展現風華的時候，卻冷不防地告別枝頭直直墜落，而且因為花朵豐滿，會發出重重的「啪」一聲。我後來讀到杜牧〈金谷園〉「落花猶似墜樓人」，眼前都會浮現童年見到的畫面，覺得白山茶就像身著白紗的綠珠，冷不防地掙脫石崇的懷抱，飛奔出去，一躍而下。

小時候看見花落，我會捨不得地跳下臺階，冒雨鑽到樹下把花撿起來，放在手心托著細細端詳，再湊近嗅嗅她的幽香。不遠處一大塊長滿青苔的大石頭，中間有個凹洞，常積滿雨水，我會把落花放在水上，心想：雖然你凋了，但是下面有水可以滋潤，就作一朵美麗的浮花吧！

雨中，濕潤的青苔特別翠綠，對比之下白色的山茶尤其亮眼。雨水

庚子年歲暮以工筆勾勒沒骨及双反托諸法寫白山茶

無瑕（白山茶）

劉墉作／絹本設色雙反托／ 40×62cm ／ 2020

浠瀝瀝地墜落，我常躲回簷下，從山茶油亮的樹葉間，窺視下方的浮花。「多麼完美啊！你何不多留一刻？」雖然才五六歲的年記，不知為什麼，我小小的心靈已經有些淡淡的哀愁。

無瑕（白山茶）
（局部）

牡丹

我生長在臺灣，小時候沒見過牡丹，牡丹卻是我記憶中最早的花。那時每次到父親辦公室，他都會拉開大椅子，先放個靠枕把位子墊高，再抱我坐上去，接著交給我一張白紙和一隻鉛筆，要我畫畫給他同事看。

我畫的很簡單，只是把剛學會的阿拉伯數字湊在一起：先寫個0，再在0的四周加上幾個3，就能獲得好多掌聲。後來我進步了，除了在0的四周加幾個3，還在3的外面繼續加3，這下子父親更得意，舉著我的畫四處秀：「瞧！我兒子畫的牡丹花瓣一層又一層，多有變化！多漂亮！」讚美的聲音就更多了。

記得有個香香的阿姨用她的紅嘴唇親我，問我能不能把牡丹花送給她。我正不知怎麼答，幸虧父親伸手把畫搶走，說：「不行！不行！我兒子還得回家塗顏色呢！」

我塗的顏色也很簡單，是拿紅色的蠟筆在花瓣上平塗，蠟筆遮住下頭鉛筆的痕跡，最後只剩亂七八糟的一團紅。但父親還是不斷叫好，說我畫得真像，牡丹就是這個樣子！

我二十歲以前都沒見過真正的牡丹，直到三十歲移居紐約，才開始大量寫生，甚至出版過一本《牡丹芍藥畫譜》。我喜歡在絹本上以「沒骨法」畫牡丹，用蛤粉鉛白和胭脂洋紅慢慢暈染。

甲辰年春以工筆沒骨法寫牡丹

春風拂檻露華濃

劉墉作／絹本沒骨設色／ 75×116cm ／ 2024

當我用小毛筆從花心向外，細細描繪牡丹花瓣的時候，常會想起小時候在父親辦公桌上不斷重複的「3」，還有父親得意的聲音：瞧！我兒子畫的牡丹，花瓣一層又一層，多漂亮！

春風拂檻露華濃（局部）

杜鵑花

少年時最愛去臺北近郊的鷺鷥潭，坐往烏來的公車，在龜山腳下車，先走過長長的吊橋，再沿著「公車道」往山裡去。

鷺鷥潭在南勢溪的上游，也是現今翡翠水庫的位置。當時水庫還沒建成，山高水深，有小三峽之稱，最美的是經過長長山路，穿出樹林，再走過一段黃土坡，當鷺鷥潭呈現在眼前的一刻。群山間一片深綠色的潭水，好像墊著綠色絲絨的玻璃板。

高二那年我已經交了女朋友，有一天帶她去鷺鷥潭，兩人挺走運，遇到個郵差，居然把郵包放在臺車上，自己推臺車，還邀我們坐上一段。最記得下坡時，臺車在軌道上跑得飛快，差點撞到路邊人家養的鵝。

潭邊有幾間房子，都是退伍老兵用竹子搭建的，三層樓，整整齊齊，立在一片青山綠水之間還挺氣派。我租了一艘小船，沿著山邊划。盛夏，陰暗處居然感覺寒意。兩岸峭壁高達幾十公尺，突然女生指著高處問：「那是什麼花？好漂亮喲！」我抬頭，看見三公尺上的岩石間有一抹淡淡的紅，但是從下往上逆光看不清，真不知是什麼花。我伸手拍了拍山邊的岩石，一大塊一大塊，有棱有角而且沒長苔蘚，就對女生說：「不高，我摘給你！」

從小愛爬山，我對攀岩很有把握，兩三下就搆到小花了，只是靠近才發現，那不過是朵平凡的杜鵑花。我把花揮了揮，給女生看，糟了！

小船居然離開岸邊，我叫她划過來，她拿起一支槳，左划划、右划划，小船不但沒靠近，反而離岸更遠了。所幸不知是不是聽見我喊叫，租船的老闆及時出現。

一般人都是由龜山腳走原路來回，或者從高處的小格頭到鸕鶿潭，再下山，由龜山腳返。但我因為前後去過幾次，那天發奇想，決定帶女生從下往上走，到小格頭搭車。

天很快就暗了，還下起雨，山路泥濘，坡又陡，我有點心慌，怕天黑看不清路。所幸到了高處比較亮，遠望群山都在腳下，白白的雲海長長一線湧在山腰。

小格頭位在北宜公路的最高點，入晚，加上衣服濕了，幸虧車站旁有個小店，可以讓我們進去暖和一下。鞋上沾滿稀泥，店門口有個水龍

畫眉深淺入時無

劉墉作／絹本沒骨設色／ 61×41cm ／ 2022

頭，女生說給我洗洗。反正濕了，就穿著鞋洗吧！我伸出腳，看她拿著橡皮水管為我沖。女生蹲著，頭髮垂下來，晚山寒，一片藍，所有的景物都暗暗地，只有她白皙的後頸，和髮絲間一抹淡淡的紅，是我摘的那朵小小的杜鵑。

畫眉深淺入時無（局部）

芒草花

父親在我九歲那年就過世了，但是留給我很多美好的回憶。有一年冬天，他帶我去陽明山泡溫泉，車子經過轉來轉去的山路，進入一個大大的庭院，穿著和服的女侍彎著腰，把我們帶到榻榻米的房間。雖說泡湯，我卻沒什麼浴池的印象，只記得門柱上有個按鈕，一按，就有服務生拉開紙門。還有個記憶是四面走廊夾著的小天井，裡面有幾塊大石頭、一棵長滿青苔的老樹、一叢竹子和一簇白花花的芒草。冬天濕冷，小天井暗暗的，只有那片白芒草跳進眼簾。

芒草花的回憶

劉墉作／紙本水墨設色／ 61×41cm ／ 2022

那天泡完湯，約好的車子沒來，父親帶我走出旅館庭院，眼前的景色讓我哇一聲叫了出來，只見一片長滿芒草，彌漫溫泉白煙的山谷伸向遠天。夕陽下，每朵芒花都像星星似的發亮；風來，它們一起彎腰，毛茸茸的白花很溫柔地緩緩低頭，又很含蓄地把頭抬起來，好像旅館裡的女侍。腳步碎碎的、領子寬寬的、脖子白白的、說話低低的。父親為我在山邊拔了幾枝芒草，我小心翼翼地舉著，一路掉下好多芒花，還有些黏在車頂上，父親直向司機道歉。走進家門，繼續掉，而且很難清掃，因為芒草花太輕，沒掃到已經飛了，不得不在媽媽的罵聲中把芒草扔掉。

隔不久，父親因為大腸癌逝世，我似乎就再也沒看過大片的芒草，雖然到美國之後曾經住在河邊，屋後一片濕地，秋天的蘆蕩十分壯觀，

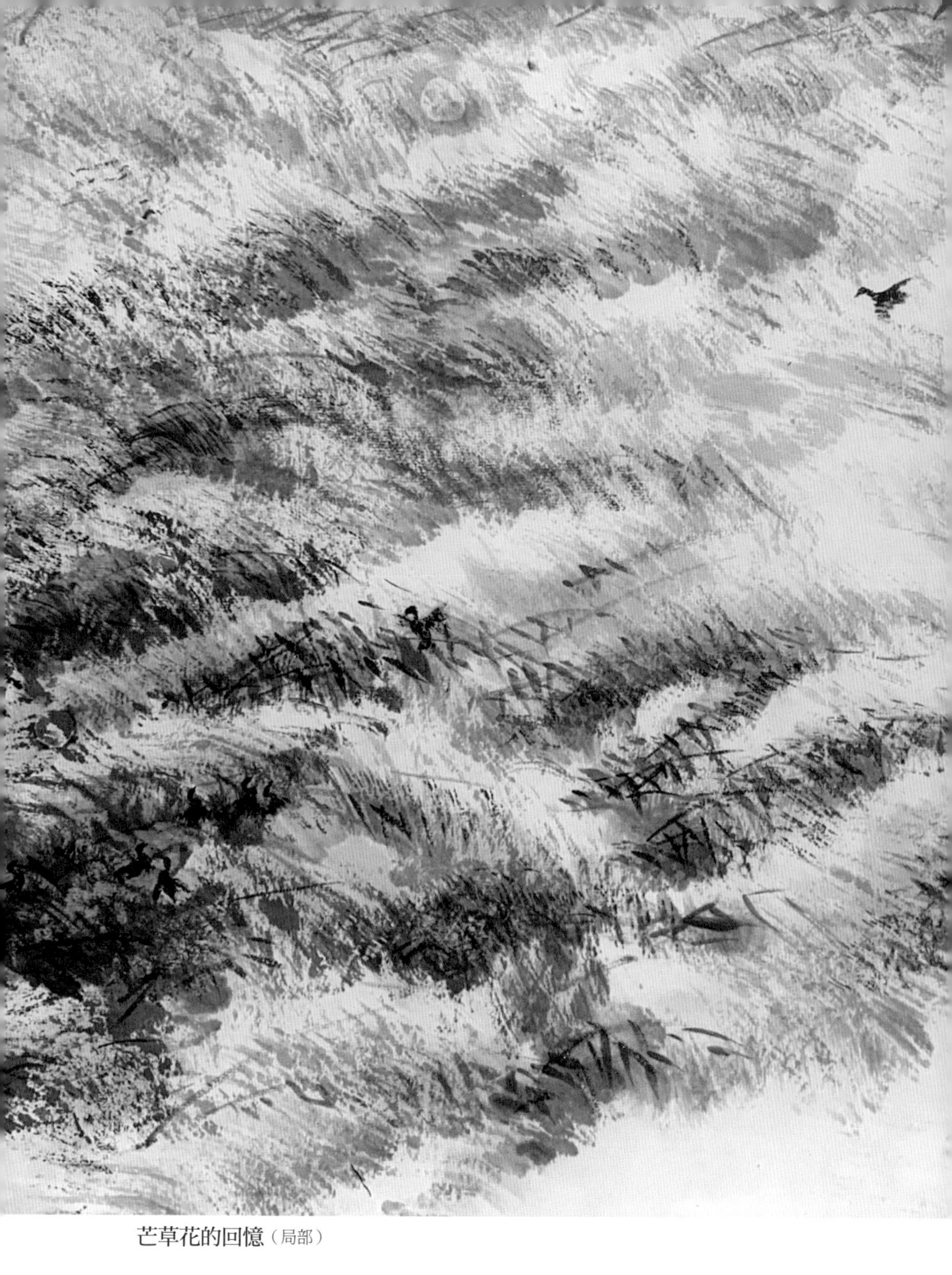

芒草花的回憶（局部）

但是灰灰褐褐，總不如記憶中的白芒花來得優雅。

今年冬天在臺北，電視新聞報導陽明山擎天崗野放的水牛，因為營養不良死了十幾頭。畫面播出來，先是特寫水牛，接著鏡頭拉開，多熟悉的畫面啊！我突然好像靈魂出竅，從第三者的角度，把一大一小兩個人影放進電視畫面，背景是一片白色的芒草伸向天邊，帶著夕陽的黃韻在晚風中搖擺，一波一波，如雲似浪……

芙蓉花

我從小就愛芙蓉，覺得它是世上最美的花，一直到今天，雖然院子裡種了十幾棵牡丹，看來看去，還是覺得芙蓉的美不下於牡丹。首先芙蓉是千變萬化的，由於外面有緊緊的苞片，綻放時花瓣得從裡面擠出來，好像初醒的少女伸懶腰，一邊探出粉臂，一邊還用棉被遮著臉，有一種慵懶的美。這時候芙蓉是白色的，隨著花朵綻放，花瓣的邊緣開始染上一抹淡紅，是香腮的白裡透紅。

芙蓉即使盛放，也不像牡丹那麼團圓飽滿，因為芙蓉的花蕊會婉轉

貴妃醉酒

劉墉作／絹本沒骨設色／ 80×53cm ／ 2019

變形，牽動花瓣朝不同方向生長，有時像幾朵花的組合。如果說牡丹是端麗的豪門貴婦，芙蓉應該是扭手帕的小家碧玉。只是天生麗質難自棄，當傍晚來臨，小家碧玉又會從淡妝改為濃妝，從粉紅變作深紅，好像貴妃醉酒，所以又被稱為「醉芙蓉」。

小時候姥姥臥室窗外有一棵芙蓉，我常跳上窗臺往外看花瓣變色。日式房子的窗，下面是毛玻璃，只有最上方是透明的，我不夠高，扒著窗櫺踮腳還不斷跳，每次都被姥姥罵：「快下來！窗子破啦！」所以現在只要看到芙蓉就會想起姥姥，還有她拿拐杖敲地板的聲音。

芙蓉也讓我想起師大美術系的林玉山老師，那時他教「花鳥」，要學生每人自帶一枝花到課堂寫生。有一天林老師才進教室就指著我喊：「我說花為什麼不見了，敢情是被你摘了！」原來那天早上林老師經過

貴妃醉酒（局部）

麗水街，看見師大圖書館的牆頭伸出一枝剛開的芙蓉花，匆匆回家拿了畫具趕去寫生，卻發現才轉眼，花已經不見了。

聽林老師這麼說，我的臉一下子紅了，即使五十多年後的今天，想到那時偷花，還是臉熱熱的……

阿勃勒

阿勃勒是從梵文音譯來的，原本應該叫「阿勒勃」，只怪《本草綱目》寫顛倒了，一路錯到現在。不過我更喜歡它的英文名字「Golden Shower」，「黃金雨」，多美！大概因為阿勃勒的花瓣既小又薄，花期撐不了多久，風一來，細碎的金黃色花瓣就像雨似地飄落吧！

我對阿勃勒的感情很複雜，小時候只要看見它們結出一根根黑色的豆莢，手就隱隱作痛。因為我曾經跟同學用那兩呎長的豆莢鬥劍，被打到食指關節，腫得好大，連筆都拿不了，疼了好幾天。更糟糕的是跟我

黃金雨（阿勃勒）

劉墉作／絹本沒骨設色反托／ 71×59cm ／ 2021

鬥劍的是女生，害我不得不把手藏著，惟恐被她發現。

但是阿勃勒也給我留下美好的回憶：我在師大二年級談戀愛的時候，總坐在校門口的花壇上等女朋友下課。校門兩邊有許多高高的阿勃勒，花開的時候，白天晚上都美。因為它的花瓣薄，葉子也薄，逆著天光或路燈看去，黃得發亮、綠得像翡翠。

更令我難忘的是有一回我想折枝阿勃勒回去寫生，大樹上的花雖然垂下來，我跳了又跳，就算手指能碰到最下面的花，也只能抓下幾朵，不能連花帶葉折一整枝。

女朋友說：「你背我來搆吧！」我照做，很辛苦地把她背起來站直身子，她卻在上面尖聲大喊：「還是只能抓到幾朵耶！」。我小聲說：「別喊別喊！」話還沒完，果然驚動了門口警衛，吱一聲，門開了，警衛探出頭。

黃金雨（阿勃勒）（局部）

我趕緊把女朋友放下，警衛沒回去，盯著我們上下打量，接著轉身進警衛亭，卻沒關門，搞不好是去打電話，我正緊張，以為要被抓了。又見警衛先露出個屁股，再倒退著出來，手上抬了把大椅子，氣喘吁吁地走過來。

我突然會意，趕緊跑去接椅子，放到樹下……

咸豐草（鬼針草）

朋友開車帶我出遊，回程經過父親的陵園，雖然天色已經有些暗，還是決定上去看看。沒準備花，兩手空空有些慚愧，發現山邊開了許多不知名的小草花，就摘了一些，插在父親墳前的大理石瓶子裡。小小的白花，每朵都有個黃黃堆起的花藥，單獨看不怎麼樣，聚成一大把，在夕陽的紅暈下還挺漂亮，只是回家發現褲子上掛滿了鬼針草。

小時候每次在草地玩耍，總因為身上黏滿黑黑的鬼針，回家被母親罵：「又搞一身！我可沒時間，你自己一根根拔乾淨！」鬼針草前面有

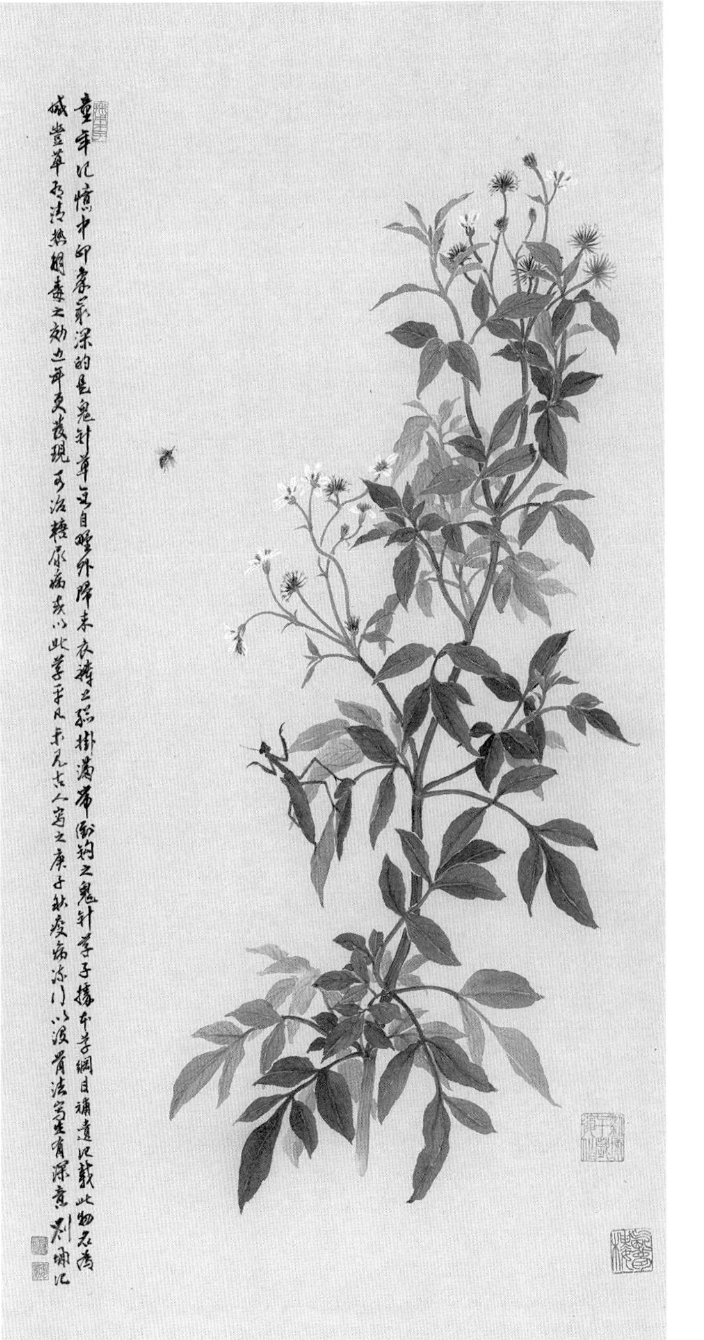

咸豐草（鬼針草）

劉墉作／絹本沒骨設色／ 90×44cm ／ 2020

蟹爪一樣的小鉗子，我小時候常用來作弄同學，摘一大把像飛鏢一樣射女生，尤其她們穿毛衣的時候，扔出一把，可以全部黏在身上。如果女生沒感覺，掛著一片鬼針走來走去，更讓我得意。

那天在車上，我像小時候把掛在褲子上的鬼針一根根扯下，發現有幾處還帶著白色的小花瓣，才驚覺這不是剛才摘給父親的野花嗎？問題是，我小時候的鬼針草沒有花瓣，只有鬼針啊！

上網查，才知道有些鬼針草是帶花瓣的，另外有個好聽的名字叫「咸豐草」，是養蜂人為了冬天作蜜源，從海外引進。網上說鬼針草全株是寶，除了可以當蔬菜吃，還能煮成青草茶，有清熱、解毒、散瘀、利尿的效果，近年來中研院又發現可以治療糖尿病。更有意思的是瑞士工程師麥斯楚，因為跑步回家時發現身上黏了許多鬼針草，觸發靈感，

咸豐草（鬼針草）（局部）

而在一九八四年發明「魔鬼氈」。

魔鬼氈多好用啊！對老人和小孩尤其方便，自從知道它的由來，每次脫鞋時拉開魔鬼氈，「颯！」長長的一聲，都讓我想起鬼針草和小時候用它扔女生的畫面。

梔子花

被新冠疫情困在臺北，每天晚上我都會到基隆河的堤邊散步，那裡有塊很長的綠地，中間一條石砌的小徑，兩邊種滿梔子花。五月梔子盛開，在晚風中飄送花香。除了帶有蠟質的葉片閃閃發光，象牙白的花瓣更彷彿能從夜色中跳出來。

要走到基隆河，我必須先經過一道越過堤防的陸橋，不知為什麼，每次踏上陸橋的階梯，花香特別濃，大概因為晚風先穿過一大片梔子花，累積了香味，再碰上路橋的阻擋，風往上吹，正好把香味送給臺階

梔香月夜

劉墉作／絹本勾勒水墨淺設色／ 58×37cm ／ 2021

上的我。

少年時我住在臺北金山街的一個小樓，窗前就有一棵梔子花，它長得很高、花開得很多，每次我推開窗，迎來的常是一陣花香。那時如果有女生找我，母親出去應門，總騙女生說我不在家，豈知我常躲在窗內偷窺，隔著窗櫺和梔子花看是哪個女生。

不知是否因為藏在記憶深處的浪漫情懷，後來只要看到梔子花我就想買，卻不知買回多少次，沒一次養成功。連我今年在花市買了一盆，明明有幾十個飽滿的花苞，帶回家，卻見花苞好像被膠水黏住，沒有一朵能綻放。上網查才知道，梔子花雖然一插就活，但是泥土既不能太乾也不能太濕，太陽不能太大也不能太少，還得加酸性含鐵的肥料，而且天冷一點就冬眠，問題是為什麼河堤邊一大片梔子花，每棵都長得好好

梔香月夜（局部）

的呢？

今夜一輪明月，我又經過那片梔子花的小徑，走上陸橋，聞到下面飄來濃郁的花香，居高臨下，不就像我少年時在小樓上偷窺的角度嗎？

突然回到五十多年前，聽到有人按門鈴，我的心狂跳，躡手躡腳躲到窗邊，心想：不知哪個女生在下面？

馬瓔丹

小時候我管馬瓔丹叫「蛇毒花」，那名字八成是我娘取的，因為我查任何資料，都沒見過這名稱。

我娘特別討厭馬瓔丹，說有股怪味道，聞到就頭疼，又說馬瓔丹密密茬茬，還帶刺帶毛，小動物都不敢靠近，只有毒蛇會藏在下面，所以叫「蛇毒花」。

但我喜歡馬瓔丹，覺得它漂亮，非但不臭，還有股刺激的香味，有時候在樹牆間穿梭，回家仍能嗅到身上的馬瓔丹。妙的是我娘不曾察覺，有一天我故意摘了幾片馬瓔丹的葉子給她，問她是什麼，她居然想都沒想就把葉子放在掌心揉揉，啪一聲黏在自己額頭上說：「薄荷！」又說：「怎沒薄荷涼？以前在老家，頭痛的時候弄片薄荷葉往頭上一貼，就不痛了！」

所以一直到今天，我都不確定我娘是不是真討厭馬瓔丹，抑或她厭惡花香，但不排斥馬瓔丹的葉子。

不過後來我查植物大典，發現馬瓔丹還真有毒，甚至被列為「全球十大有害雜草之一」，因為野生動物和牲畜如果誤食，會慢性中毒，變得無精打采，尤其是反芻類的動物，甚至能造成牠們的瘤胃無法蠕動。所幸很少有人中馬瓔丹的毒，相反的，它還能袪風止癢、清熱解毒，甚至治肺病。

童年的味道（馬櫻丹）

劉墉作／絹本沒骨設色／ 42×42cm ／ 2019

雖然我愛畫花，又從小喜歡馬瓔丹，但從來沒畫過它，因為馬瓔丹每朵都是許多小花聚在一起，而且顏色變來變去，不好畫。直到今年，在花市看到馬瓔丹，心動，買了一盆，硬是在絹上畫了一張。我用的是「撞色法」，讓幾種彩色交會暈散，再點出小小的花心。一邊畫，一邊嗅著那特殊的香味，想起六十年前，母親「啪」一聲，把葉子黏在她的額頭上。

童年的味道（馬櫻丹）（局部）

朱槿

小時候我不知道「朱槿」這個名字，只管那隨處可見的大紅花叫「甜咪咪」，因為把花瓣從花托拔出來，放進嘴裡，能吸到甜甜的味道。花托中間還有個白色凸起的小東西，可以黏在鼻頭扮小丑。從小就頑皮的我還喜歡摘一片花瓣，先放在掌心拍兩下，再黏在膝頭，裝作一跛一跛地行走，好幾次把老師和同學嚇一跳，以為我摔傷流血。

後來才知道朱槿富含膠質，日本人用它的根加在紙漿裡抄漉手工紙。朱槿還能吃，葉子當蔬菜，花瓣用來醃漬染色，至於樹皮則可以編

朱槿（甜咪咪）

劉墉作／絹本沒骨設色／ 42×42cm ／ 2020

織。大概因為原產於中國，拉丁文稱朱槿為「中國玫瑰」。所以當「中國紅」這個名詞出現的時候，我立刻想到：「就像朱槿介於朱砂和胭脂的紅」。不過那紅顏色曾經被我漂白，有一天我從中藥店買回硫黃，點燃，再摘一枝花放在旁邊熏，沒多久朱槿就變成了白槿，讓我得意極了。只是因為吸進太多二氧化硫，呼吸上不來，掙扎了很久，差點死掉。

我也曾一次摘下許多朱槿的花苞，扔進陰溝，隔天看它們會怎樣，驚訝地發現即使在枝頭三天後才會開的，第二天也能在水溝裡綻放。這畫面給我很大的觸動：為什麼那些瘦瘦小小，發育不全的花苞，在骯髒的溝水裡會提早綻放？是因為被摘下枝頭，面對早夭，只能早熟嗎？

從那以後，每次看見新聞播出戰亂國家的男孩早早就舉著槍，女孩早早就結婚的畫面。我都會想到小時候被我扔進陰溝的小朱槿……

朱槿（局部）

茉莉花

我從小就熟悉茉莉花的香味，因為父親喜歡喝「茉莉香片」，一片片花瓣平平地浮在茶水表面，隨著蒸氣散發茉莉的芬芳。母親雖然不喝茶，身上也總有茉莉花香，她常從外面撿回一些茉莉花，坐在窗前藉著天光把花串起來。母親總要我先幫她紉針，把很細的線穿過小針眼，再交給她，將一朵朵茉莉花串在一起，好綁在頭髮上。

茉莉花開得多也掉得快，好像弱不禁風，偏偏那掉在地面的花跟新的一樣，又白又香，讓人憐香惜玉，非撿起來不可。而且茉莉花瓣會聚在一起成為管狀，從管子這頭看，像個小隧道透亮。正因此，只要用根線穿過那個小隧道，就能把許多花串在一起。

父親死後，家裡失去茉莉的茶香，也再也不見母親坐在窗前串花，過去總瀰漫的兩種茉莉花香全消失了。直到二十年前朋友送我一盆老茉莉，才又有鮮花茉莉的幽香。那棵樹雖不過兩呎，但是樹幹像百年人蔘似的扭來扭曲，有點風骨嶙峋的意思。而且老當益壯，一開就是幾十朵，也一掉就是滿地。

我跟母親當年一樣，會把花串起來，不過我不用線，而用一種園藝的細鐵絲，很容易就能穿過茉莉花上的小孔，作成一大串。

我常在午後把當天的落花串起來送給太太。如果花多，可以作個大花環，掛在她脖子上；如果花少，可以作個小花環，掛在她的手腕。每

茉莉花蝴蝶

劉墉作／絹本沒骨設色／ 39.5×62.5cm ／ 2021

次為她掛，都可以看到她充滿幸福感的笑容。

有一天我又做了一個，拿去廚房給太太，正好女兒放學進門，就轉身舉起花環問小丫頭：「要不要？爸爸做的花環？」

沒想到小丫頭竟然頭一扭，嘴一撇，態度很不好地說：「我才不要！」就走開了。

我愣了一下，問太太怎麼回事，太太也聳聳肩：「青春期，脾氣怪！」

隔天，我又做了個小花環，而且在小丫頭房間門口，把最後幾朵串起來，再「試探」地問她：「要不要個小花環？」

小丫頭居然立刻高興地走過來，而且伸出手，讓我把花環套上。我好奇地問她為什麼昨天那麼死相？

小丫頭翻了個白眼：「昨天不是為我做的！」

今年，因為新冠病毒困在臺北，從花市買回一盆茉莉放在窗前，依然花開滿樹、花落滿地。印尼籍的清潔工正要掃，我過去阻止，說我要。清潔工看我把花一朵朵撿起來，笑說她在印尼結婚的時候，從頭到腳，掛滿一串串茉莉花，還在手機上找出來給我看：「很貴很貴耶！像件衣服！因為要馬上摘、馬上編，很多人一起做。」

我笑笑，把手上的花遞給她：「這個給你！」奇怪的是她居然跟我女兒那天一樣撇嘴說：「我不要！」

「你不要？」

「對！因為婚禮掛的必須是沒開的花，在我家鄉已經開的花都當供品，我爸爸死的時候，把棺材放下去，蓋上土，大家就把盛開的茉莉撒在土上，搞不好這花會讓我作夢，半夜想到我爸爸。」

她的話觸動我，隔天去買茉莉花茶，沖了一杯放在桌上。窗前有新開的茉莉，桌上有新泡的香片，睽違六十年的兩種茉莉花香，又一次交織在一起。

閉上眼睛，我覺得回到了童年。

茉莉花蝴蝶（局部）

草山橘子

從陽明山竹子湖下來，看見路邊有人賣水果。圍觀的幾個人交頭接耳，「這橘子能甜嗎？」「好難看耶！而且那麼小。」話剛講完，就聽其中一個白頭髮的笑說：「沒見過世面！這是草山橘子！」

果然，只見兩簍紅紅綠綠又黑黑的帶葉水果，正是我小時候常吃的「草山橘子」。說它黑，一點都不誇張，因為這種橘子長得不像一般柑橘的光鮮亮麗，它們的皮特別厚、特別粗，而且坑坑巴巴，好像長過麻子或嚴重青春痘的臉。至於顏色更有變化，大概晒到太陽的位置發紅，背著陽光的又是綠的，我拿起一個，想起小時候剝橘子皮之後，指甲縫要疼半天。

正想呢！賣橘子的人伸手拿起一個，從最下面用兩手大拇指，很輕鬆地就掰開了，邊把水果遞給大家嚐，邊笑說：「這橘子的皮不是都厚，是同一個橘子就有薄有厚，它很緊，要懂得從最下面剝開。」

我嚐了一口，跟小時候一樣，皺起眉頭。賣橘子的又笑了：「酸酸甜甜，味道不一樣，不一樣就是不一樣。陽明山特殊土壤種出來的，味道特別濃，對不對？幾十年前還出口呢！因為比不過外來種，沒落了！這是我家五十年老樹結的，果園就在後面，轉彎過去，從來不噴農藥。放心吃！」

順著他指的方向看過去，沒看到橘子林，卻讓我回到六十年前。

那時我十三歲，過年時跟母親和她老朋友一家人爬陽明山，由一個大哥哥帶頭，他抄小路，不知怎地進入一片大斜坡。山路彎來轉去，下面是橘子園。

住在城市裡，能見到真真實實掛滿橘子的果園真是興奮，我伸手偷了一個，接著就被母親罵了：「怎麼隨便偷摘？犯法的！被人抓到小心挨揍。」

其實我只摘了一個特別小的，比乒乓球大不了多少。聽母親罵，趕緊塞進褲子口袋。

那天是大年初二，回家晚餐後，母親匆匆忙忙出門，去做家庭禮拜，我的舅舅和舅媽到客廳，說要打撲克牌，叫我去拿我收藏的錢幣給他們當籌碼。我拉開紙門，到旁邊的臥室找出錢罐，裡面全是父親留下

草山橘子

劉墉作／絹本沒骨設色雙反托／38×28cm ／ 2024

的龍銀，還有很多其他硬幣和小小的「孔方兄」。

走回客廳，看見舅舅正蹲在地上為暖爐加油，我剛轉身要把錢罐放在茶几上，突然轟一聲巨響，只覺得一片紅、一團熱，快跑！舅舅喊。我衝出門，看見舅舅身上一團火在地上打滾。我手裡還抱著錢罐，無意識地放在芙蓉花樹下，大喊：「失火了！失火了！救火啊……」卻沒有聲音。再回頭，火苗已經竄出屋頂，我不得不跑出大門，到對街。救火車還沒到，很多鄰居跑出來，還有些人大箱小箱地往外抬自家東西。

砰一聲，已經衝出屋頂的火苗突然爆炸，接著又是砰一聲，幾個火球飛向天空。許多圍觀的人大喊「小心火球飛到咱們家！」接著飛奔而去。

我知道那些火球，是開計程車行的舅舅，藏在地板下面的汽油，所

草山橘子（局部）

以當爆炸引起驚呼時，我都毫不驚訝，甚至心裡算著還有幾響。突然感覺口袋有東西，手一摸，是白天在陽明山偷的橘子。我把橘子掏出來，看也沒看，就用力甩向火場。

這個動作，應該沒人看到，只有我清晰地記到今天，小小一個黑點墜入烈焰。我心裡呼喊著：大火啊！熄滅吧！

奇蹟沒有出現，我的家燒成了平地，第二天一早我回到火場，呼喚我的貓咪，找尋芙蓉花下的錢罐，還有我扔進去的小橘子。

它們都沒出現。

九重葛

逛花市，覺得最耀眼的就是九重葛。當別人的攤子把花一層層架起來，九重葛的攤子是一盆盆擺在地上，矮的不過兩呎放在前面，高的有六七呎，放在後面。當下午的陽光斜斜灑進來，紅橙黃白粉紫綠五彩繽紛，真是搶盡了花市的鋒頭。

童年記憶中的九重葛都是紅色的，我家門邊有一棵，母親常澆水，卻猛長枝條不開花。奇的是，後來家裡失火成為廢墟，劫後餘生的九重葛沒人管，反而開得好，尤其是跟廢墟上燒得焦黑的柱子對比，顯現出

九重葛下小麻雀

劉墉作／絹本沒骨設色／ 42×42cm ／ 2020

一股特別的「生之華美」。

大概因為九重葛是原產中南美洲的花，基因裡有熾烈的太陽和拉丁的風情，薄如紙的花瓣，既能逆光欣賞，又能反射出螢光的亮麗。它的花瓣其實是苞片，真正的小花藏在苞片後面，三片為一組，好像撐著大扇子的三位宮女，護著中間的皇后妃嬪。

春天買了盆九重葛，怕晒不到太陽，我把盆斜放，讓花莖從陽臺伸出去，艷紅艷紅，從遠處看，一眼就能認出那是我家。

問題是沒幾天，突然花凋了，剩下空空的枝條和稀疏的葉子。打電話問花農，他說：「這很平常嘛！花開過了，當然會謝。如果還剩下幾朵，最好也摘掉，讓九重葛知道花沒了，才會快快開。」又說：「這花是經過修剪的，因為一起修所以一起開，一開就一大片，一謝就只剩葉子。」

我照辦，還不見花開，再打電話。花農又大笑：「你一定澆太多水啦！好像零花錢給太多，孩子就不用功了，你要讓它乾，乾到葉子有點垂，好像要死了，再澆水！」

果然又開花了，而且因為是重瓣，一朵朵疊在一起，真是花團錦簇。

這下我懂了，為什麼家裡失火之後，九重葛反而開得好。而且每次憑窗看九重葛，總會想起母親生前說的：「幸虧你爹早死，家裡又燒光了，你才有點成就！否則你爹不知會把你寵成什麼樣子！」

九重葛下小麻雀（局部）

曼陀羅

很多人說曼陀羅是毒花，但在我心裡它反而是重生的花，像是神話裡的「鳳凰涅槃」，會浴火重生。

小時候，母親有一天從外面帶回一根不過兩呎的棍子，只比大拇指稍粗，淺淺的綠色，上面凸起些小小褐色的雞皮疙瘩。我問是什麼，母親說是朋友送的喇叭花，接著走到後院，連個坑都沒挖，硬是捅到泥土裡，轉身回屋：「說是只要插進土裡就能活，看嘛！活不活？」

果然沒過兩個禮拜，小棍子上就冒出幾個綠芽，接著一暝大一吋，不過幾個月的功夫，已經長成三呎高的小樹。葉子寬寬大大，鮮綠鮮綠的，連夜裡都亮眼。而且它好像不怕寒，十二月居然開了花。起先大家都沒注意，只覺得不知誰用了新的香水，後來才發現從窗縫裡溢進的冷香，來自那棵新種的曼陀羅。

除了香，它的花形也美，像是女孩子穿著寬寬的裙子，打個轉，白紗的裙角向四周開展，一波一波地，既飄逸又翩躚。起風的日子，它更美，五個翹起的裙角特別兜風，擺來擺去，好似一串串白色的鈴鐺。

曼陀羅來一年，家裡失火，整棟日式建築燒得片瓦不留，房子四周的花草多半燒死了，山茶花、羅漢松和扶桑剩下焦黑的樹幹，至於曼陀羅，埋在灰燼中根本不見了！

母親在廢墟上蓋個臨時的小草屋，以前同住的親戚搬走了，只有我

跳舞的小精靈（曼陀羅）

劉墉作／絹本沒骨設色反托／ 70×132cm ／ 2014

和母親二人相依。草屋很簡陋，勉強遮風避雨，廁所更麻煩，頂子燒光了，剩下糞坑，下雨天還得打傘。

有一天深夜，我如廁，上面飄著毛毛細雨，周圍是火災燒剩下的焦黑柱子，四望，只有小草屋裡母親的身影和左鄰右舍暈黃的燈火，還有糞坑的臭味夾著炭灰淋雨的酸味。

突然，感覺一股幽香似有似無，我循香四顧找了半天，才發現遠遠牆邊有個熟悉的影子搖搖擺擺。那棵消失的曼陀羅，什麼時候竟然浴火重生，偷偷長了芽、開了花，且送出幽香，到我這個十三歲憂鬱少年心靈的深處……

跳舞的小精靈（曼陀羅）（局部）

牽牛花

小時候我住在臺北市的雲和街，右鄰是臺大醫院住院部主任，左鄰兩家都是軍官，對門是臺大文學院教授跟農學院院長家，左邊斜對面是國防部長俞大維的官邸。每棟房子都是七里香圍牆的日式建築，但不知為什麼，突然間大家把樹牆都挖掉改成磚牆，上面還插了尖尖的碎玻璃，部長家甚至架起鐵絲網。只有左邊第三家，既非樹牆也沒磚牆，始終維持著竹籬笆。

他家的房子也特殊，有點像是「干欄式」的建築，高高地架起來，

蜜蜂牽牛花

劉墉作／絹本沒骨設色／ 62×39cm ／ 2021

必須踏上許多級臺階才能進到室內，屋裡黑黑的沒什麼窗子卻有兩層，進客廳抬頭就可以看到樓上，有點像是現在時髦的樓中樓。後來我才知道那是違章建築，建在原先河邊的空地上。

河很窄，是瑠公圳的支流，順著他家的竹籬笆流過，也可以說他們占用河邊空地蓋房子，再沿河圍起了一圈籬笆。

不知為什麼，我記憶裡總浮現他們家的籬笆，大概因為上面常年開滿紫色的牽牛花。籬笆十分老舊，黃黃褐褐還長著綠色的苔蘚，很多地方朽壞了，正好讓牽牛花從中間鑽過。加上他家房子的牆板年久變色，好像黑色的癩皮狗，把牽牛花對比得格外亮麗。

不知牽牛花如何得名，怎麼看那細細的藤蔓都牽不了牛啊！還是日本名字取得美：朝顏！早上的容顏！

英文名字也棒，Morning Glory，它是早晨的榮光！

可不是嗎？牽牛花總是抓住第一抹晨光綻放，可惜不到傍晚就縮成小小一團。從令人驚豔的花開到花謝不過幾小時。而且整株只活一年，明年的牽牛已經不是今年的牽牛。

很多人稱牽牛「喇叭花」，其實它更像漏斗，花瓣先張得很開，接著縮小成一根管子。常見蜜蜂鑽到裡面半天不動，大概因為管子窄，牠得擠進擠出，行動不便。有一回我在外面把花瓣擼緊，想把蜜蜂困在裡面，沒想到花瓣突然迸裂，蜜蜂嗡一聲射出來，那瞬間我記一輩子。

今年春天在花市上看到非洲牽牛，觸動小時候的回憶，於是買了一盆。問題是它雖然經過品種改良，五色繽紛而且花期持久，卻怎麼看都不像我童年竹籬笆上的小花。所幸在附近軍營的鐵絲網上似乎見過，可以採一枝回來寫生。

我立刻跑去軍營，只是沒見幾朵，而且都萎了。沿著鐵絲網找，終於看到個小花苞，輕輕一扯就拉下兩尺，心想它活不了，回家隨手插進洗筆的水皿，讓剩下的藤曼攤在桌上。

沒想到才隔夜，下垂的葉子就精神起來，又過兩天，那小小的花苞居然綻放。五片淡紫的花瓣連成一體，各有一道淺色的條紋，像是紫色的星星。逼近看，花心是白的，因為很薄而透光，好像有燈從裡面照射出來，在四周散發紫色的光暈。

我突然覺得牽牛花是小精靈，墜落塵世卻不戀人間。它也像鄰家的少女，很清純很平凡，躲在深閨，只敢在晨光裡露臉，連午後的陽光都不能多晒。更像是那竹籬笆人家的小丫頭，不知因為自卑還是嬌羞，很少跟我講話，總從竹籬笆的縫裡偷窺，或者吱一聲拉開門，探出半張臉，撲哧一笑，不見了……

蜜蜂牽牛花
（局部）

高高大大的聖誕紅

一到耶誕節，百貨公司裡就擺滿紅艷的聖誕紅，但是才過幾天，那些花便不見了。大概因爲它們屬於應景的消耗品，被視為無生命的物，可以大量繁殖，用完即扔。

我見過聖誕紅的繁殖場，一望無際的花房，高高低低的架子上，擺滿密密的小花盆，每盆插幾枝，自動噴水、自動施肥，自動控制光線。據說只要入秋之後把日照減少，原本綠色的葉子，靠梢頭的就會變成艷紅的花朵。所以聖誕紅的花不是花，是葉，真正被葉子圍在中間一顆顆黃黃紅紅的小豆子才是花。

聖誕紅

劉墉作／絹本沒骨設色／ 63×42cm ／ 2023

我童年記憶中的聖誕紅可不這樣，它們是多年生，足有三公尺高，葉子不多，枝條細弱，平常毫不出色，只有歲寒變紅，成為冬天最搶眼的風景。

小時候家門邊上就有這麼一棵聖誕紅，細細長長地探出牆頭。它們枝葉都很弱，輕輕一折就斷，流出白色的汁液。母親說那汁液有毒，所以我都躲著。但每年冬天，從窗子最上方的透明玻璃望出去，總能看見許多紅艷的花朵。而且確如其名，當聖誕紅開花，就到耶誕節了！

耶誕節有聖誕老公公會送禮，我小時候年年盼望耶誕老人，還問爸媽家裡沒煙囪，老人怎麼進來。媽媽一瞪眼，說他自己會想辦法，爸爸說也許走大門，所以聖誕節晚上不鎖門。但我還是不放心，天一黑就踮著腳從窗子往外望。最記得有一年聖誕夜，發現大門開了，探進人影，手裡抱個東西，放在聖誕樹下。接著轉身擡頭，原來是爸爸，他進屋就

聖誕紅（局部）

大聲喊：聖誕老人今天夜裡應該會來。

第二天我急著找禮物，父親帶我拉開一扇扇紙門，甚至拿手電筒往深處照，我至今記得他是從客廳櫃子的棉被堆裡發現禮物，還搬把椅子登高，掏出綁著紅絲帶的大盒子。

「聖誕老人真會藏東西，而且對你特別好耶！送這麼大一盒！」父親氣喘吁吁地幫我解開絲帶，我心想：這不正是他昨天晚上放在聖誕樹下的嗎？

隔不久父親就病了，直腸癌，半年之後離開這個世界。

我早已忘記聖誕老人送的是什麼，但是直到今天，只要看見高高瘦瘦的聖誕紅，就會想到那天晚上躡手躡腳，先把門開個小縫，再抱著大盒子，溜進來的爸爸……

野薑花

只要聞到野薑花的香味，就讓我回到童年的水湄和父親的懷抱。

小時候父親常在晚餐後，把我抱上腳踏車前面的小籐椅，再把釣具放在後座，吱扭吱扭地騎車帶我去水源地釣魚。

腳踏車經過違建區，兩邊人家靠得很近，炒菜聲、叫罵聲和喊著「別打了！別打了！」的孩子哭聲不絕於耳。門窗燈火閃爍、煤球爐子的煙火瀰漫，還常常冷不防地潑出一盆水。地面油油亮亮的，頭頂上有白天掛出來晾晒，還沒收回的衣物。這迷離的景象，是我一生都忘不了的「浮世繪」。

出違建區不遠，就到了新店溪，溪邊長滿野薑花，父親總是先把電石燈點亮，掛在薑花的莖上，燈光會吸引水族，隔不久用網子迅速一撈，就能捕獲不少小魚小蝦，用來作餌更能釣到大魚。

野薑花幾乎是四季綻放的，在水光和夜色間顯出點點銀白，飄散冷冷的幽香。釣到魚可以用薑花葉片當繩子串起來。薑花的根長得深，很難拔，但是葉子容易扯，只要抓住葉片朝下狠狠用力，就能連著一部份「莖皮」扯下來，莖皮的纖維強韌，連掛大魚都不成問題。

父親總在一個高起的河岸甩竿，我最愛看鉛錘和浮標，隨著釣絲畫出弧線，在遠處激起一片水花。天上的月光和對岸的燈火會跟著那片漣漪扭來扭去，有時驚起薑花叢中的白鷺，牠們貼著水面徐徐振翅，飛進

甄忘珊瑚碧玉簪（薑花）

劉墉作／絹本沒骨設色／ 59×71cm ／ 2021

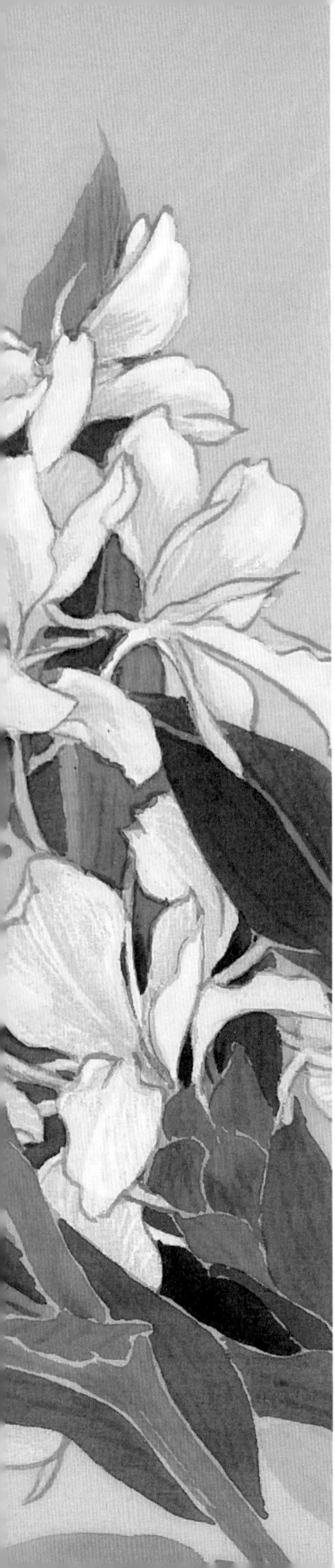

灰灰的迷霧，居然一點聲音也沒有。

我常等不及有魚上鈎，就躺在父親懷裡睡著，夢裡有沙沙的水聲、叮叮的魚鈴聲、窸窣的薑花葉片摩擦聲，還有徐徐晚風帶來的，薑花的幽香……

甄忞珊瑚碧玉簪（薑花）
（局部）

夾竹桃

離臺前一天，頂著三十五度大太陽，特別跑去臺北植物園。先到國立編譯館前繞一圈，沒看到我要的。又沿著荷花池間的小徑，走到另一頭的「南門町」。幾年沒去，樣子全變了，原本破舊的日式庭院，修得明淨整齊，院子裡的「枯山水」顯然有專人梳理，頗有禪意。只是找了半天，仍然不見我要寫生的夾竹桃，只好問屋裡的服務人員。其中一位男士熱心地帶我穿過庭院，指著樹叢深處說那裡有一棵，沒開花，另外還有一棵，需要出門直走，在「欽差行臺」那頭。

印象中臺北到處可見的夾竹桃，不知什麼時候突然不見了，害我想寫生，卻找不到對象。上網才知道，大概因為夾竹桃有毒，非但政府規定校園不准種植，很多民眾也把夾竹桃砍了。

我想畫夾竹桃，是因爲對它有特別的感覺：高中一年級，我搬到臺北市金山街的一棟小木樓，大門旁有棵繁茂的夾竹桃，它不是一棵，而是好幾棵糾纏在一起，想必已經很老了，足有一丈半的高度。春夏開滿紅粉相間的花朵，細長深綠色的葉子油亮油亮，粉紅色的花瓣帶一點旋轉的樣子簇生枝頭，就像竹子間夾著桃花，大概也因此得名。起初我聽說它有毒，但是後來發現蜜蜂總繞來繞去地採蜜，枝幹上還有不少蚜蟲，表示連昆蟲都不怕，就不怎麼畏懼了，還常折枝放在書桌上，嗅它那淡淡的杏仁香。

少年十五六，正值浪漫期，那時母親嚴禁我交女朋友，把女生形容成毒蛇猛獸，說只要交女友，人生就毀了，還在夾竹桃樹下放了一把竹掃帚，說哪個女生來找我，就用掃帚把她打出去。但是女生跑得快，母親是「解放小腳」，等她衝出去，女生早不見了。最記得有一回母親拿著掃帚站在門口喊：「以後我不打你們了，誰來找我兒子，我就打我兒子！」

其實母親是大小眼的，對過年送我一大盒蘋果的小學同窗很好，還請她進來坐。只是當我說要回禮的時候，卻瞪眼：「男女交朋友不能這樣，除非你有意思，不必有來有往。」父親生前同事的女兒來找我，她也熱心接待，還讚美那女生漂亮有禮貌，但是女生才走就說：少來往！沒好事！

還有個筆友，送了盒她自己做的點心到學校，門房轉交給我，我請同學吃．還帶兩塊回家，說是女生送的，母親居然想都沒想就拿一塊放進嘴裡，笑說：「點心不錯，欠壺好茶。」

蜂喧夾竹桃

劉墉作／絹本沒骨設色雙反托／ 59×42cm ／ 2023

我寫信把母親的幽默告訴那女生，居然沒隔幾天她就親自登門，還帶了兩罐茶。她把茶交給我，說是送給劉媽媽，卻聽母親在我背後大聲喊：「我可不要，不敢當！」

我趕緊把茶交還給女生，她拒絕，我硬推，突然她低頭，砰！砰！把茶罐子打開，唰一聲，全倒進門前的水溝，頭一扭，轉身跑了！

我沒追過去，因為對街饅頭店的老闆正指著水溝大喊：「暴殄天物啊！」讓我覺得很丟人。只記得當時掩上門，背靠著門板，白亮的陽光從夾竹桃間射下來，門板很燙，眼睛張不開，母親放的那把竹掃帚好像張牙舞爪的刺蝟。

直到今天，每次爬山，看見掃地志工放在階邊的竹帚，我都會有一種奇怪的感覺，自然而然地想到少年時門前的夾竹桃，還有六十年前女生漲紅的臉。那是我們第一次見面，也是最後一次。

蜂喧夾竹桃（局部）

酢漿草

小時候不知道什麼是酢漿草，只知道開小紅花的三葉草是「酸咪咪」。那年頭應該每個小孩都嚐過酸咪咪吧！先聽別人說這草是酸的，於是好奇地放進嘴裡，果然是酸的耶！可能就那麼一次，再也沒有重複，但一輩子都會記得嚐酢漿草的那一刻，然後把酸咪咪的名字烙在心底。

其實酸咪咪確實是可以吃的，它不但有利尿解毒、清熱散瘀的藥效，而且可以燒菜。據說蘇軾著名的「東坡肉」，裡面就加了酢漿草，

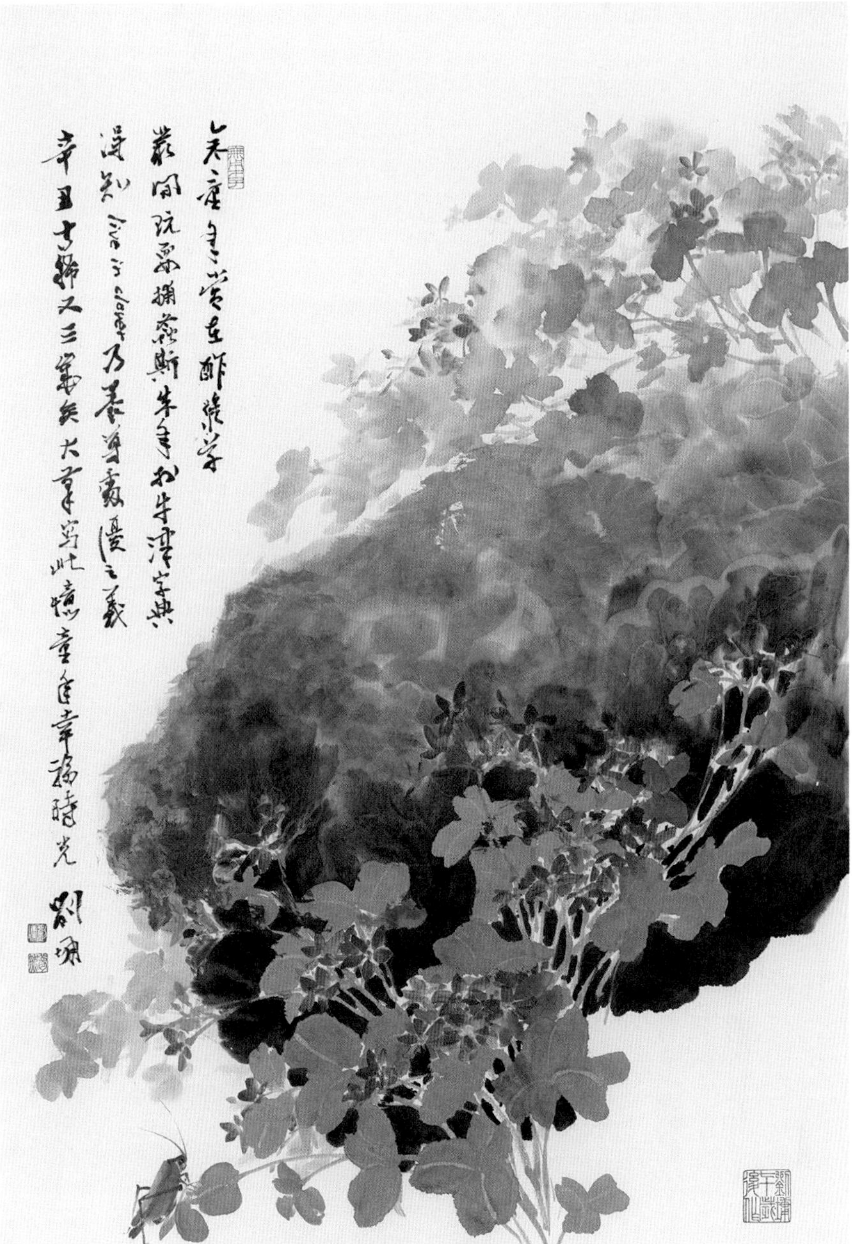

螽斯酢漿草

劉墉作／紙本水墨設色／ 80×50cm ／ 2021

我猜八成是用酸咪咪替代醋。酢漿草的根也能吃，這個我原先沒發現，是後來查書才知道的，原來酢漿草有像小蘿蔔的鱗莖，長長的葉柄和花柄都是從鱗莖發出。我沒吃過那小蘿蔔，書上可說得挺神。不但吃起來酸甜酸甜，而且洗乾淨，看起來像是微微透明的和田玉。

童年的記憶中酢漿草總是一大片一大片的，那時候我常到臺大校園玩兩種草，一種是含羞草，摸一下，整組葉子就垂頭，但是含羞草有刺，得小心。酢漿草則不然，它開滿小紅花，三片一組的葉子都像小傘，由下面長長的葉柄撐起來，好像軟軟的彈簧床。所以只要看到長滿酢漿草的綠茵，就能大膽地躺下去。

多浪漫啊！一頭栽進酢漿草地，身體下的草都彎成柔軟的床墊，轉頭上下左右看，四周的酢漿草還高高地站著，讓人有愛麗絲夢遊仙境的感覺，四周全是可愛的三葉和紅紫色的小花。怪不得英文稱生活在酢漿草裡（Live in clover）是養尊處優、快樂賽神仙。如果眼睛亮，再發現一片四葉的「幸運草」，就更喜上加喜了！

不知為什麼，我在美國院子裡看到的酢漿草都開黃花，葉子小、花也小，卻繁殖得奇快，因為它的蒴果會用崩裂的方式散布種子，連花盆裡都莫名其妙地長滿黃花酢漿草。它們沒有鱗莖，但是根扎得很深，好像爬行在泥土表面，必須費好大勁才能整株清除，但是沒多久又會泛濫。

今年四月，去陽明山看大屯瀑布，由前山公園轉進陰暗的山谷，斜斜幾道陽光從樹梢灑下，突然眼睛一亮，看到山壁間長了一叢紅花綠葉，是我久違的酢漿草。

應該也不是久違，因為臺灣到處都是，只因為太多了，反變得視而不見。當天在陰暗的山道上，一抹陽光像是神光，畫龍點睛似的把酢漿草點亮。

富含汁液的三葉和酸咪咪的長莖，還有那薄如蟬翼的花瓣，在一抹陽光下，多剔透！多美啊！

不知在臺大校園裡還能不能找到記憶中的大片酢漿草地，讓我很放心、很愜意地躺下去，再飛來一隻蝨斯，讓我重溫六十多年前的美夢。

螽斯酢漿草（局部）

會走路的愛麗絲

每天一出電梯就往門口衝，從沒注意過大廳窗外的東西，前兩天因為遇到鄰居，駐足聊幾句，眼角餘光發現草地上正開滿紫色的小花。奇怪的是當我傍晚回家，紫色小花又都不見了。

接連兩天這樣，我實在好奇，所以昨天特別繞到大樓外面觀察。草地剛噴完水，濕搭搭的，我踮著腳過去，暮色中只見一大片有著長長葉子的植物，沒有小紫花，再靠近一點才發現許多一像白色衛生紙團的小東西，把小球剝開來，裡面赫然呈現好多深紫色的花紋，原來早上見到的紫花，傍晚全被外面的白色花瓣包了起來，也可以說這種花是朝生暮死的，不必等到夜晚已經凋萎。所幸在那小紙球的旁邊又冒出一個個白色花苞，等著次日清晨再一次綻放。

我上網查資料，點進「鳶尾」，立刻出現好多相似的小紫花。原來那是原產巴西的鳶尾，早年引進國內，因為很好種植，又會自己發展，所以已經非常普遍。

說它自己會發展，一點也不為過，它甚至有個英文名字是「Walking Iris」，也就是「會走路的愛麗絲（鳶尾）」，因為它長長的花莖，除了開花，還會在凋零的花朵下方生根。又因為凋零的花愈來愈多，也愈來愈重，花莖撐不住，垂到地面，正好讓那些根扎入土壤，成為另一株獨立的鳶尾花。

會走路的愛麗絲（巴西鳶尾）

劉墉作／絹本沒骨設色反托／ 46×63cm ／ 2023

植物多像人哪！人會離鄉、外出打天下，植物會用翅果飛翔、用蒴果彈射、用藤蔓伸展，用果實引誘動物採食，把果核帶向更遠的地方。甚至像椰子能夠先存很多水，再準備厚厚適於漂浮的果殼，有一天落入大海，可以遠渡重洋。

從此每次我傍晚回家，看見窗外已經萎縮成一團團的紫色鳶尾時都會想：女大不中留啊！小小愛麗絲，妳很鬼！妳沒有睡著，只是蜷縮著身體，偷偷往下生根，一寸一寸移動，想離開爸媽，早早獨立，快快成家。

會走路的愛麗絲（巴西鳶尾）（局部）

曇花

我小時候曇花非常稀有，倒是常聽人說曇花一現，好像是稍縱即逝的神花。

第一次見到曇花，是在我家斜對面臺大農學院院長的家裡。那是個夏天的晚上，他家燈火輝煌，掛滿了小燈泡，還擺上桌椅茶點，來了一堆訪客。但是大家都很安靜，沒人抽菸喝酒。彼此小聲說曇花是晚上的花，怕吵；又因為嬌嫩，聞到酒味就會凋謝；至於菸，更是禁絕，免得欣賞不到曇花的幽香。

月夜之華（曇花）

劉墉作／絹本沒骨設色雙反托／ 63×42 cm ／ 2021

說實話，那天父親帶我過去賞花，我沒看兩眼，覺得幾朵倒掛著的白花，沒什麼，還是零食好吃。

所幸父親跟院長要了曇花枝子，回來插進盆裡，沒多久就冒了芽，從此我家也有了曇花。

隔年我家的曇花沒開，對門又開了，父親沒再過去看，只嘆息自家這棵，雖然堆了好多蛋殼當肥料，卻光長葉子不開花。第三年我家曇花終於有了消息：先伸出個小小的綠色蓓蕾，愈長愈大，起先直直垂著，漸漸像個鈎子般彎了起來，最前端開始蓬大，露出幾條紅、一抹白。父親請對門院長過來看，問還有幾天會開，院長瞄一眼，笑說：「就這麼一朵啊！什麼時候有香氣，就要開了。」

開花的那天，父親也請了幾位同事，把曇花放在客廳，大家圍著欣

月夜之華（曇花）（局部）

賞，好多人進門還拱手賀喜，說什麼風調雨順，國泰民安好兆頭！問題是這兆頭並不好，過不久父親就發現癌症，而且已經到了末期。

隔年母親才從喪禮回來就把花移植到牆角，還邊挖土邊咕噥著：「曇花一現！曇花一現，五十歲就死了……」

從此那花失去照顧，又躲在牆角少了陽光，雖然葉子愈長愈多，卻一朵也沒開過。直到三年後我上初中，讀夜間部，放學回家，感覺一股幽香，進屋開窗，還香。半夜突然像觸電般想起，探頭出去，牆角陰影裡好多幽幽的白，在月光下輕輕顫動。

忍了好多年，她們居然綻放了，而且偷偷開滿一樹。

雞冠花

每年夏天，我對門鄰居都會送我一大盆雞冠花，他跟我同年同月同日生，嗜好也相似，愛畫畫園藝。他說種雞冠花很容易，只要秋天把掛在花旁邊的小黑種子收起來，第二年播到土裡就行了。

讓我想起小時候鄰居院裡的雞冠花，那花是層層堆起來的，豐實肥厚，像極了大公雞的冠子。而且因為表面有絨毛，使色彩變得更含蓄，曖曖內含光地成為紅絲絨。小時候我好羨慕她家的雞冠花，如果當時知道那麼容易繁殖，我必定會在自己的小花圃裡種一堆。

雞冠花

劉墉作／紙本水墨沒骨設色／ 82×47cm ／ 2019

寫生了這幅雞冠花，用的是生宣紙，大筆先濡滿朱膘，蘸點硃砂，再蘸洋紅和胭脂，用大側鋒揉筆的方式，畫那絨絨的紅花。再以水綠蘸胭脂，隨興撇出葉子。上面的花厚重，下面的葉子輕快。小小的種子是趁花未乾之前點的。我一邊點，一邊想：多划算啊！那麼小小不起眼的種子，居然能開出恁鮮豔的大花。

不知為什麼，眼前突然浮現二十年前，演講之後簽售的一幕，一位瘦瘦小小的婦人，遞上三本書給我簽名。我說按規定每人只能簽一本。瘦小的婦人指指背後說：「我一本，另外兩本是我兩個兒子的。」

我猛抬頭，才發現她後面兩個像寶塔般壯碩的大男生。簽名之後，跟那媽媽握手，好乾好瘦好輕的手，我心裡有種莫名的感動……。

雞冠花（局部）

尚留芍藥殿春風

整理早年拍的幻燈片，一大盒，全是芍藥，而且都是白色，覺得自己當年為什麼那麼蠢。

那時候我在維吉尼亞州度過第一個美國春天，有天在巷子裡散步，發現人家的院子裡開了好多大大的白花，每朵都是重瓣，簡直是幾百片疊在一起，大概正因此，花太重，枝子撐不住，全倒在了地上，想想！一大叢豐盛而且散發幽香的白花，七零八落地像是落難的佳人，一個個臉孔貼著地，多可憐！我趕緊回家拿相機，裝好幻燈片，一下子三十六張全拍光了。接著拿去沖洗，花了好多錢。

後來才知道那些大白花是芍藥。它跟牡丹是一家，牡丹是木本，就算花開得「富貴滿堂」，因為枝子強，也不會垮。芍藥是草本，而且常在一枝上開好幾朵，細細的莖撐不住，只要沒支架，就非倒不可。

在西方世界芍藥跟牡丹都叫「Peony」，嚴格地說，牡丹叫「Woody Peony」，意思是「木牡丹」，芍藥叫「Chinese herbaceous penoy」，也就是中國草本牡丹。

據說在唐朝以前，牡丹和芍藥是不分的，但是牡丹開得早，又結實，所以叫「花王」；芍藥開得稍晚，所以叫「花相」或「花后」。蘇東坡說得好：「多謝化工憐寂寞，尚留芍藥殿春風。」意思是所幸牡丹開完，接著還有「芍藥」，使得春天不會一下子變得寂寞。

尋芳挹翠宰相家

劉墉作／絹本沒骨設色／ 60×96cm ／ 2024

芍藥雖說是「花后」或「花相」，似乎低牡丹一等，其實它們是相守相依的，牡丹的枝子常接在芍藥的塊根上繁殖，好像把牡丹寄養在芍藥家，等牡丹長大了，再脫離芍藥獨立。不過有時候，接在芍藥根上的牡丹雖然已經長成小樹，當年的養母也不甘寂寞，年年冒出地面，開出芍藥花，甚至牡丹還沒凋零，芍藥已經盛放。

說實話，芍藥一點也不比牡丹差，大概因為它是草本，年年秋暮整株枯死，第二年再萌發，在很短的時間內，抽芽、開枝、散葉、綻放花朵，生命的週期快，所以容易改良，造成許多新品種。它們可能一大朵，像錦緞花似的層層重疊，也可能四周的花瓣大，中間的花瓣小，小花瓣甚至像菊花，一條條、一絲絲，成團地堆在頂上。因為如同蓋樓房，所以又稱為「起樓子」。

至於顏色，除了我第一眼見到的白花，後來發現真是千變萬化，白的、粉的、黃的、紅的，其中深紅的能紅得發黑。想想，如果四周的大花瓣為深紅，中間「起樓子」是粉白，濃與淡、疏與密，那對比有多美！

臺灣雖然是亞熱帶，不適於芍藥生長，但是年年春天會有進口的芍藥。說個有意思的事：連續兩年我買了進口的粉色芍藥，大概因為花瓣太薄又太密，沾黏在一起不能綻放，最後從花瓣的下面腐爛，像小球般凋落。我去跟花商抱怨，花商笑說：「你要打它啊！說著用手掌對著自己的拳頭，作成拍打的樣子。」我當時只當是笑話，但隔年買了同樣的芍藥，我每天不斷拍打，好像打小孩屁股的樣子，它們居然全開了。想必是因為原本黏在一起的花瓣，被我拍鬆了，所以能夠順利綻放。

拿出早年的芍藥幻燈片，我又去掏櫃子，找出塵封的幻燈機，把幻

燈片一張張插進轉盤裡，對準一片白色牆壁，將幻燈放出來。

還是那麼清晰、那麼白得透明、綠得出水，一朵朵白芍藥垂頭躺在草地上，轉眼四十六年過去了，當時那個二十九歲的少年，已經白髮白鬚，維吉尼亞州丹維爾的春天，似乎又回到眼前。

尋芳挹翠宰相家

（局部）

桑樹

從十歲到現在，足足六十年間，不論我到世界的哪個角落，只要看見桑樹，就會像觸電似地心頭一震。因為那是我小時候蠶寶寶賴以維生的食物。當時小學四年級，全年級養蠶，早上可以看見每個孩子都小心翼翼地捧著紙盒到學校。有些人天剛亮就離開家，四處找桑葉，盒子裡的蠶寶寶個個躺在大大綠綠的葉子上。沒有摘到桑葉的只好四處乞求：

「分幾片桑葉給我吧！我的蠶寶寶快餓死了！」

放學時更精彩，只見同學們離開校門就四處飛奔，為自己的蠶寶寶覓食。最記得有一回，附近的桑葉都被摘光了，我突然發現一戶人家的院子裡有棵大桑樹。不敢敲門，我先扒著牆頭往裡看，那家似乎沒人，就在另兩個同學的協助下攀上牆頭，跳下去，再躡手躡腳到桑樹下，正伸手要摘，突然聽見屋裡有人大喊，我回頭，已經來不及爬圍牆了，急著衝向紅色的大門，慌亂中左扭右扭，終於打開門鎖逃了出來。

從那天起，我只要看見桑樹，都會心頭一震一驚，心想那不是桑樹嗎？要是小時候我家有一棵該多好。然後我的耳邊就會清晰地響起「外面是誰？」沉沉地、老老的一聲。

七十年了，彷彿昨日，回想當年踰牆偷桑真是大膽，可是如果今天我再養蠶，而且沒了桑葉，情急之下，我還是會爬牆跳進去。

桑葚成熟時

劉墉作／紙本水墨設色／約 37×40cm ／ 2020

桑葚成熟時（局部）

薜荔老子

有一種植物，會攀爬、會結果，果子能吃，還能入藥，你從小到大可能每天看到，卻不知道它的存在。

每次我跟朋友這麼說，他們都露出將信將疑的表情，然後回問：「幾乎每天看到？」我點頭，他們就更不信了。

如果一年前有人對我說，我同樣不會信，直到最近發現它處處存在，而且觀察寫生甚至品嘗之後，才佩服它的高明。

那植物的名字是薜荔！

多半的人沒聽過薜荔，我過去也只在古詩詞裡讀到，像是柳宗元的「驚風亂颭芙蓉水，密雨斜侵薜荔牆。」還有屈原《九歌・湘夫人》的「擥木根以結茝兮，貫薜荔之落蕊。」當年只知薜荔是一種會攀爬的香草，心想是屈原寫的神話故事，就沒多想。

直到去年因為疫情留在臺北，每天傍晚到基隆河堤防外散步，有一天攀上堤頂再走下臺階。一邊是基隆河的波光和對岸的燈火，一邊是高高的堤防和上面不知名的植物。那植物的葉子綠得發黑，長長的枝條從堤頂垂落，差點刮到我的臉。我好奇，停下腳步看，發現濃密的葉子間居然長了好多果子。因為果子的綠色跟葉子差不多，所以不顯明。

隔幾個禮拜果子變成暗紫色，總算比較容易找了，令人欣喜的是有些果子居然裂開，露出裡面淺褐色的種子，還引來好多小鳥啄食。

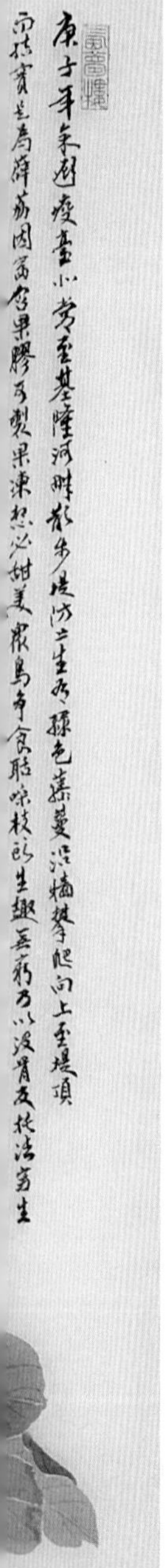

居然能吃？搞不好是甜的！我好奇，踮腳伸手摘了一顆。回家拍照上網查，才知道那是薜荔。網上說它除了可以像「愛玉」一樣作果凍，而且全株都能入藥，有滋陰補陽消腫祛瘀之效，還因為有種跟攝護腺相關的成分，能治前列腺的疾病。它長長的根可以熬湯治跌打損傷，堅韌的枝子可以用來編織。這下我懂了！屈原不是胡說，「貫薜荔之落蕊」是用薜荔堅韌細長的藤蔓把花串起來。

薜荔雌雄不同株，公的果子裡比較空，是讓小蟲到裡面住的旅館，小蟲不必繳房錢，只要為主人傳遞花粉當紅娘就成了。母的果子裡面一大堆種子，活像無花果，成熟之後會裂開，讓種子散落，而且落地生根，成活率非常高。怪不得圍牆下、大樹上、堤防邊，處處可以見到它們的影子。就因為太平凡了，人們天天看到，只當苔蘚，視而不見。

蒔荔成熟時

劉墉作／絹本沒骨設色／ 68×56.5cm ／ 2020

其實薜荔深黯韜光養晦的處世之道，種子落進土裡，一冒芽就偷偷往上爬，有時候左一道、右一道，掛在牆上直直的，好像用簽字筆畫出的好多細線，線的兩邊長些小葉和根，根不粗也扎不深，但是一路爬上去，愈抓愈緊，也愈長愈結實。

薜荔能出人頭地，全因為那些細根吸收養分，當它爬到圍牆、堤防或樹木的高處，一方面累積了足夠的能力，一方面得到充足的陽光，才能脫胎換骨：細小的葉子逐漸變大，薄薄軟軟的葉片變厚變硬。原先微不足道的攀藤變成樹枝，而且由一扯就斷，變成強韌無比。裡面還有白色的樹汁，讓蝕葉的昆蟲退避三舍。

這時候，它開始結果。

一般水果在成熟時會轉為鮮豔的顏色，並且散發果香，吸引動物注

薜荔成熟時（局部）

意，但薜荔不一樣，它在低處不結實，必須爬到足夠的高度才結果，而那多半已經超出人們的視野。加上它成熟時是不鮮豔的暗紫，也不散發香味，所以明明就在我們身邊，卻很少人注意，只有能飛上去的小鳥知道。

但是自從在網上查到薜荔可以作果凍，我就很想一試，終於有一天摘了幾顆果子回家。

切開薜荔很簡單，只是才切完，刀上的白色樹汁就乾成橡膠的樣子，用紙擦不去，用肥皂洗不掉，連酒精都對付不了。我只好先把刀擱下，用小勺子把薜荔果裡的種子挖出來。

它的種子跟愛玉很像，我去菜場買了作滷包的布袋子，再準備一個大碗，注滿清水，把薜荔種子放進布袋，接著把袋子浸到水裡，一遍一遍揉搓。起先沒什麼變化，漸漸有些黏意，又過一陣，水變成淡淡的橘色，我喝一口，不甜，但是有股清香，只是擱了一整天也沒結凍。

我把製作過程的照片放上微博，多半博友都說不知道身邊有這神祕的小東西。也有人說我一定是用了過濾水，必須用井水才行，還有人建議放點石膏進去就凝固了。最有意思的是有人說薜荔又叫「餓鬼」，因為道教「五道輪迴」的第四道是「神入薜荔」，薜荔者餓鬼名也。又說因為餓鬼多為飢渴逼迫，身處焰火之中，煩惱不堪，而薜荔有清涼解渴之效，所以仙人把薜荔果施與餓鬼，道教圖繪的餓鬼也多半身披薜荔葉。

我沒有做成果凍，因為不好意思再去摘薜荔，只是每次散步，走過堤防外的高架橋，都會駐足看看堤防內的牆壁，靠牆腳一片綠綠小點子，往上逐漸變得茂盛，終於到達堤頂，長成樹叢，生出果實。

我想，薜荔不是隱士嗎？他卓爾不群，偷偷吸收、慢慢成長、徐徐攀爬，到大家看不到的地方，才開枝散葉結實，還能嘉惠可憐的餓鬼，為他們療飢，給他們清涼。怪不得下面熙來攘往爭名逐利的人們，不知薜荔的存在。

我也想哪天給自己取個號，就叫「薜荔老子」吧！

國家圖書館出版品預行編目資料

話我童年的花 / 劉墉著 . -- 初版 . --
臺北市 : 聯合文學出版社股份有限公司 , 2025.02
200 面 ; 15×21 公分 . -- （聯合文叢 ; 768）

ISBN 978-986-323-665-8 (平裝)

863.55 114001093

聯合文叢 768

話我童年的花

作　　者／劉　墉
發 行 人／張寶琴
總 編 輯／周昭翡
主　　編／蕭仁豪
資深編輯／林劭璜
編　　輯／劉倍佐
資深美編／戴榮芝
業務部總經理／李文吉
發行助理／詹益炫
財 務 部／趙玉瑩　韋秀英
人事行政組／李懷瑩
版權管理／蕭仁豪
法律顧問／理律法律事務所
陳長文律師、蔣大中律師
出 版 者／聯合文學出版社股份有限公司
地　　址／(110)臺北市基隆路一段 178 號 10 樓
電　　話／(02)27666759 轉 5107
傳　　真／(02)27567914
郵撥帳號／17623526 聯合文學出版社股份有限公司
登 記 證／行政院新聞局局版臺業字第 6109 號
網　　址／http://unitas.udngroup.com.tw
E-mail:unitas@udngroup.com.tw
印 刷 廠／瑞豐實業股份有限公司
總 經 銷／聯合發行股份有限公司
地　　址／(231)新北市新店區寶橋路235巷6弄6號2樓
電　　話／(02)29178022

出版日期／2025 年 2 月　初版
定　　價／380 元

作者版稅將悉數捐贈公益團體，並在水雲齋 http://syzstudio.com/ 公布明細

ISBN 978-986-323-665-8（平裝）　《本書如有缺頁、破損、裝幀錯誤、請寄回調換》